별을 따다

염경희 시집

TO. _____

삶을 글 꽃으로 피워
꽃이 피는 봄날에
그대에게 살포시 다가섭니다.
따뜻한 글 향기에
달콤한 행복 가득 담아
꽃바람에 실려 보냅니다.

2023. 꿈을 꾸는 새봄에...
시인 수필가 인향 염경희 드림

시음사
시사랑음악사랑

'**별**' 하나에 삶의 꿈과 희망을 쏘아 올린 **염경희 시인!**
그녀의 별이 '**詩**'가 되어 가슴을 적시고 세상을 비춘다.

봄꽃처럼 미소가 화사한 염경희 시인!
붉은 장미처럼 뜨거운 열정으로 시를 짓고 정성스러운 마음 가득 담아, 시인의 손맛으로 풀어내는 '시'가 참 정갈하고 봄나물처럼 향기롭고 맛나다. 염경희 시인은 따뜻한 밥을 짓고 음식을 정성스럽게 차리듯, 한 편의 '詩'를 지을 때 사랑과 정성을 쏟아 짓는다. 그래서 그런지 몰라도 아주 맵고, 강한 자극적인 맛은 아니지만, 한 번 맛을 보면 다시 생각나 또 먹고 싶어 입안에 맴도는 음식처럼 그녀의 시는 가슴 언저리에 맴돌며 오랜 여운을 남긴다.

염경희 시인은 현대인들이 치열한 경쟁 속에서 '詩'를 통해 좀 더 자신을 성찰하면서 지친 심신을 위로받고, 건강한 삶이 되길 바라는 마음과 또 열심히 앞만 보고 달려온 시인의 시간을 돌아보면서 보다 나은 후회 없는 삶을 위해 그녀의 인생 이야기를 지면에 다양하게 풀어내어 "별을 따다" 시집으로 출간하게 되었다.

지나온 세월, 웃는 날보다 힘들고 지쳐 울기도 많이 했지만, '詩'를 쓰면서 꾸준한 작품 활동을 통해 독자와 함께 공감하고 소통하는 지금, 또 별을 바라보며 동경하던 꿈을 이루어 가는 오늘이 더없이 행복하고 즐겁다는 염경희 시인이다. 시인의 작품은 시낭송으로도 제작되어 곳곳에 많은 독자의 가슴에 시향으로 활짝 꽃을 피워 사랑을 받고 있다.

염경희 시인의 "별을 따다" 시집이 봄바람을 타고 언 땅에 새 생명이 돋듯, 누군가의 가슴에 별이 되어 희망과 사랑의 씨앗으로 전해져 싹이 돋고 열매를 맺어 많은 독자의 사랑받는 시집이 되길 바라는 마음으로 기쁘게 추천한다.

(사)창작문학예술인협의회 부이사장 **박영애**

시인의 말

밤하늘 별들은 꿈을 꾸게 하는 원동력이었고 달은 속을 털 수 있는 벗이었다. 반딧불이 날아다니면 별똥별이 떨어진다고 생각하며 지낸 시절이 마냥 그립기에 삶의 희로애락을 글 꽃으로 여백을 채워 보고 싶어 시를 짓는다.

고마리 / 인향

자세히 보면 / 더 예쁘고 / 가만히 보면 더 고운 꽃
너무 작아서 / 한눈팔면 / 꼭꼭 숨어버리는 너
아주 작지만 / 진한 향기는 천 리를 가는 / 너는 고마리여라.

이 시의 관점은 아주 작아서 눈에 잘 안 띄지만, 관심 두고 보면 매력덩어리인 꽃, 작지만 짙은 향기는 멀리멀리 날아가 사랑을 받는다는 것이다.

필자의 아호(雅號)는 인향(仁香)이다.
꽃의 향기가 다르듯 인간에게서 나는 향기도 다른 법, 곧고 어질게 사는 사람에게서 나는 향기가 최고라는 말이 있듯 진정한 삶을 전하는 시인으로 독자에게 다가서고 싶다.

시의 테마는 삶을 바탕으로 가족, 유년 시절, 꿈, 희망, 그리움, 자연, 해와 달, 특히 별을 동경하며 빛을 내고 싶은 갈망에 소재로 삼아 작품을 형상화했다.

삼 년 동안 낳은 크고 작은 글들이 한없이 부족하지만, 황혼 역에 다다라 인생 열차를 갈아타는 시점이니만큼 공감하는 색깔은 달라도 MZ세대부터 중년 노년층들의 가슴에 깊게 스며들고 여운을 남기는 시가 되면 필자에게는 더할 나위 없는 행복이다.

각박한 세상에 웃는 날보다 우는 날이 많았지만, 비 내린 후에 햇살에 피어나는 무지개처럼 익을수록 고개를 숙이는 겸손함으로 희망과 꿈을 주는 시인이 되고 싶다.

시인 **염경희**

QR코드 스마트폰으로 QR 코드를 스캔하면
시낭송을 감상할 수 있습니다

본문
시낭송
감상하기

제목 : 봄이 오는 길목
시낭송 : 박영애

제목 : 별을 따다
시낭송 : 박영애

제목 : 그리움의 연가
시낭송 : 박영애

제목 : 빨간 우체통
시낭송 : 최명자

제목 : 어머니의 자장가
시낭송 : 박영애

제목 : 제비꽃
시낭송 : 박영애

제목 : 올 엄니 서방님
시낭송 : 박영애

제목 : 장금이는 뉘요
시낭송 : 최명자

제목 : 가을 연가
시낭송 : 박영애

제목 : 비밀
시낭송 : 박영애

제목 : 소꿉친구야
시낭송 : 최명자

제목 : 아무도 모를 거야
시낭송 : 최명자

제목 : 시를 쓰는 소녀
시낭송 : 박영애

제목 : 총각 선생님
시낭송 : 조한직

제목 : 연못가에 피어나는 봄
시낭송 : 박영애

제목 : 엄마의 팥죽
시낭송 : 박영애

제목 : 사랑이란
시낭송 : 최명자

제목 : 예쁜 도둑
시낭송 : 박영애

제목 : 꽃잠
시낭송 : 박영애

제목 : 겨울밤의 애상
시낭송 : 박영애

제목 : 나의 아픈 손가락
시낭송 : 조한직

제목 : 강냉이죽
시낭송 : 박영애

제목 : 그리움만 쌓이네
시낭송 : 박영애

제목 : 여명
시낭송 : 박영애

제목 : 별을 훔친 사연
시낭송 : 조한직

 제목 : 인생길
시낭송 : 박영애

 제목 : 가을밤은 깊어가고
시낭송 : 박영애

 제목 : 한가위 보름달
시낭송 : 박영애

 제목 : 울 엄마
시낭송 : 박영애

 제목 : 엽전
시낭송 : 조한직

 제목 : 딱 좋은 나이
시낭송 : 박영애

 제목 : 용돈
시낭송 : 박영애

 제목 : 굴레
시낭송 : 임숙희

 제목 : 아직도 마음만은 소녀
시낭송 : 최명자

 제목 : 울고 있는 보름달
시낭송 : 박영애

 제목 : 어머니의 떡국
시낭송 : 박영애

 제목 : 귀하게 살라 하시네
시낭송 : 박영애

 제목 : 정들면 고향이더라
시낭송 : 박영애

 제목 : 설빔
시낭송 : 박영애

 제목 : 붕어빵 내 새끼
시낭송 : 박영애

 제목 : 낡은 수레
시낭송 : 박영애

 제목 : 소녀의 꿈
시낭송 : 박영애

 제목 : 세상이 왜 이래
시낭송 : 박영애

 제목 : 출산의 고통
시낭송 : 박영애

 본문 시낭송 모음 1

 본문 시낭송 모음 2

시인은 자연을 이야기하고 시낭송가는 자연을 품었다
글자는 날개를 달아 언어로 날고 소리는 자연에 눕는다

제1부 별을 따다

제2부 시를 쓰는 소녀

제3부 별을 훔친 사연

제4부 울고 있는 보름달

제1부 별을 따다

봄이 오는 길목

사부작사부작 내려와
설렘을 준다
늦잠 자는 초록이 콧등을 간지럽히며
어서 일어나라 앙탈이다

은빛 윤슬로 보슬보슬 내려와
대지의 목마름을 달래준다
기력이 쇠약해져
기지개도 못 켤까 걱정인게다

여명이 밝아온다
은빛 윤슬은 하얀 눈꽃 송이 되어
봄이 오는 길목에 앉아
미련 탓일까 눈물만 흘린다

봄이 오는 길목에서
한 발은 들여놓고 또 한발은 내놓고
갈까 말까 망설이는 겨울이 애잔하다.

제목 : 봄이 오는 길목
시낭송 : 박영애
스마트폰으로 QR 코드를 스캔하면
시낭송을 감상할 수 있습니다

13

별을 따다

한길 외길 인생
돌고 돌아 강산을 세 바퀴 돌았다
밤하늘 별들 바라보며
쓸어내린 가슴은 얼마던가

우물을 파도 한 우물을 파라는 말
그래야 샘이 솟는다는 속담처럼
천직이라 여기고 솥뚜껑에
정성으로 기름칠을 했더니 별이 쏟아진다

인내하며 지낸 날들이 별이 되었다
외길 인생 종착역에서 울리는 기적소리는
묵은 체증을 뚫어주는 팡파르

묵묵히 타고 온 열차에서 내릴 즈음엔
늘 그 자리에서 빛나는 북두칠성처럼
작은 별들을 지켜주는 큰 별이 되고 싶다
이제 황혼 역 환승 시간이 가까워진다.

제목 : 별을 따다
시낭송 : 박영애
스마트폰으로 QR 코드를 스캔하면
시낭송을 감상할 수 있습니다

그리움의 연가

스산한 가을바람이
창밖을 서성일 때면
나이테처럼 그리움만 늘어간다

비취색 하늘 햇살이
풀잎에 맺힌 이슬을 감싸 안으면
방울방울 이슬방울은 진주처럼 반짝인다

살랑살랑 바람이 스칠 때마다
아주 가끔 풀잎의 떨림은
그리움에 애써 참았던 눈물 닦는 모습이다

산허리를 맴돌던 운무 사이로
비집고 들어앉은 무지갯빛 햇살에
겹겹이 쌓여 있던 그리움도 묻어 본다.

제목 : 그리움의 연가
시낭송 : 박영애
스마트폰으로 QR 코드를 스캔하면
시낭송을 감상할 수 있습니다

15

빨간 우체통

봄바람 살랑이고
꽃향기 춤을 추면
호수는 덩달아 찰람 거린다

하얀 집에 빨간 고깔 씌워
햇살이 쉬어가는 창가에
곱게 걸어 놓았다

개나리 진달래 피면
두리둥실 두둥실 꽃바람 타고
보랏빛 엽서 오겠지

새벽까치가 울면 행여나 소식 왔을까
콩닥거리는 맘 달래며
열어보고 또 열어 보는 빨간 우체통.

제목 : 빨간 우체통
시낭송 : 최명자
스마트폰으로 QR 코드를 스캔하면
시낭송을 감상할 수 있습니다

어머니의 자장가

외로울 때는 하늘을 봐요
별들의 속삭임 좇아가면
용마루에 걸린 눈썹달이
해바라기처럼 웃어요

별똥별 떨어지듯
추억들이 톡톡 떨어지고
희로애락은 주저리주저리
고향 집 뜰 안에 퍼집니다

고요 속에 잠든 귀뚜리
덩달아 울어대는 가을밤
문풍지 흔들어주는 바람 소리는
어머니의 자장가인걸요

가만히 두 눈을 꼭 감고
은하수를 건너다보면
하얀 운무 휘휘 두른 햇살이
무지갯빛 인사를 합니다.

제목 : 어머니의 자장가
시낭송 : 박영애
스마트폰으로 QR 코드를 스캔하면
시낭송을 감상할 수 있습니다

제비꽃

한적한 골목길 토담 밑에
앙증스럽게 졸고 있는 제비꽃
이제나저제나 햇살 내려앉기를 기다린다

봄바람이 살랑살랑 콧등을 간지럽혀도
단잠을 자고 있는지 꿈쩍 않는다

파란 하늘 구름 타고
유영하던 햇살이 살며시 내려앉아
아가 닮은 제비꽃을 폭 감싼다

아무리 꼬드겨도 미동 없던 제비꽃
햇살이 묘약인가 보다

꽃잎을 나풀거리니 벌들은 연주하고
나비들이 춤추는 무도회가 열렸다.

제목 : 제비꽃
시낭송 : 박영애
스마트폰으로 QR 코드를 스캔하면
시낭송을 감상할 수 있습니다

청보리밭

어머나
밤새 겨울이 왔던 길 되돌아가고
새봄이 온 줄 알았다

반짝반짝 빛나는 은빛 들녘에
뾰족뾰족한 연둣빛 잎새가
활짝 웃어주는 아침

심쿵해서 하늘을 보니
다홍빛 햇살이 뽀얀 안개 밀어내고
청보리밭에 길게 눕는다

하얀 이불 뒤집어쓰고
햇살에 안겨 오물거리는 모습이
갓난아이 엄마 젖가슴 더듬는 모습이어라

겨울의 길목에서
한껏 잠자는 봄을 소환하는 출근길
자연은 늘 신비롭기만 하다.

힐링하기 좋은 날

얼음이 녹은 실개울에는
바람이 물수제비를 뜨고
어석이는 갈대숲은
봄을 맞는 무도회가 한창이다

하얀 구름은 거꾸로 누워
시냇물 소리에 춤을 추고
나는, 나는야
햇살 좇아 비타민을 먹는 날

바람이 불러주는
노랫말은 머리를 식혀주고
햇살 받은 봄 향기는
마음을 살찌워주는 보약이다.

애상(愛想)

구름이
목욕하는 소리는
풀 섶에 이슬로 맺히고

베갯머리 적신 그리움은
겨울비 되어
창문을 두드리네.

봉선사의 풍경

소슬바람이 불어온다
가을이 가까이 와 있는 듯
하늘은 푸르름이 높기만 하다

봉선사의 처마 밑 풍경들은
제각기 다른 음률로
같은 바람을 기도하고

연잎은 연못의 허물을 덮어주고
순결하고 청순함 가득한
초연(初演)의 꽃을 피우고 있다

노을은 용마루에 걸터앉아
풍경소리에 쉬어가고
어둠이 내리는 봉선사는
한 폭의 수채화로 다가온다.

명자꽃

지금까지 살면서
난 네가 누구인 줄 몰랐어

는개 비 내리는 날 아침
난 너에게 반했지 뭐니

빨간 네가 너무 아름다워서
난 조심히 물었지

어라! 이름표가 있었어
네 이름은 명자꽃이라네

정말 미안해서 난
빨간 너보다 더 화끈거렸지

이젠 꼭 기억할게 명자야
우리 내년에 또 만나자.

집으로 들어가는 길

별 보고 나와
달 보고 들어가는 길
축 처진 어깨가 무거워 보였을까
가을바람이 살랑살랑 내려앉아
토닥토닥 마사지해준다.

거꾸로 선 가로등 불빛 아래
샛노란 물결이 출렁이고
사그락사그락 들려오는 노래에 쫑긋하고
종종걸음 멈추어 서니
나 닮은 그림자만이 서 있다

둘이 함께 의지하며 집으로 들어가는 길
무언의 정담을 나누면서
밤하늘을 올려다보니 구름 비집고
방글거려주는 달님이 참 고마워
두 어깨 활짝 펴고 입꼬리를 올려본다

사시사철 길동무가 되어 준
별과 달 그리고 바람
비가 오나 눈이 오나 꿋꿋이
불침번을 서주는 가로등 덕분에
집으로 들어가는 길이 그다지 외롭지 않다.

눈물샘

햇빛이 숨은 날
울 듯 말 듯
구름은 망설이는데

스쳐 지나던 바람이
톡톡 톡 톡
옆구리 찌른다

바람의 고백에
못 이기는 척
눈물샘 터트린 구름이
너무 예쁘다

하늘이 울면
대지는 목욕하고
기력 떨어진 들꽃은
활짝 웃는 날이다.

꽃길

꽃길만 걷고 싶었고
꽃처럼 사랑받고 싶었습니다

하나, 간절함뿐이었지요
세상만사가 뜻대로 안 되니
울기도 하고 웃기도 하며 걸어온 길

뒤돌아보니
꽃처럼 고운 날도 있었고
꽃길처럼 아름다운 길도 있었습니다

가시밭길에도 꽃은 피고 진다는 걸
서녘 하늘에 걸린
영롱한 빛을 보고서야 알았습니다

초년고생은 돈을 주고도 못 산다고 했던가요
에움길을 걸어와 되돌아보니
꿈속에 그리던 그 꽃길보다
인내하며 살아온 나의 삶이 진정 꽃길이었습니다.

산돌림

깜깜한 밤에 기운도 장사지
높고 낮음을 가리지 않고
산돌림을 퍼부었다

우레까지 동반해서
어둠을 밝혀가며
돌고 또 돌았다

가끔 하늘도 구름도
화를 토해내야
직성이 풀리는가 보다

한바탕 싸움질하면
다음날 하늘은 맑음이다
그래서 이쁘다 산돌림이.

* 산돌림 : 산기슭으로 내리는 소나기
       : 여기저기 옮겨 다니면서 한 줄기씩 내리는 소나기

울 엄니 서방님

은은한 옥색 두루마기에
멋지고 중후한 중절모
반들반들 빛나는 지팡이 짚고
울 엄니 서방님
오일장 나들이 가시네

수선화 수줍게 얼굴 내밀고
아침 햇살 유난히 반짝이던 날
울 엄니 서방님
바퀴 셋 달린 버스 타고
덜컹덜컹 시골장 행차하시네

서쪽 하늘에 석양 걸릴 무렵
밴댕이 한두 롬 자반고등어 한 손
아기 주먹만 한 눈깔사탕 들고
부침개에 한 잔술 흥에 겨워
콧노래 흥얼흥얼

울 엄니 서방님
툇마루에 걸터앉아
자식 한번 바라보시고
먼 하늘 한번 바라보시며
자반고등어 익는 냄새에 환하게 웃으신다.

제목 : 울 엄니 서방님
시낭송 : 박영애
스마트폰으로 QR 코드를 스캔하면
시낭송을 감상할 수 있습니다

장금이는 뉘요

아침이슬 맞으며
밥 지러 가는 여인네 눈꺼풀이
새벽하늘에 걸린
초승달만큼이나 가냘프구나

천생 곱디고운 여인이건만
짊어진 짐 보따리는
조선 반만큼이나 하니
안개 속을 달리는 애마는
안타까운 듯 온기를 뿜어낸다

길쭉하고 하얀 손은
쇠갈퀴처럼 휘어지고
하얀 이마엔 구불구불
실 그림이 늘어가니
룸미러에 비친 모습을 보며
얼굴 한번 쓰다듬는다

살아온 만큼의 반평생
쟁기 메고 밭갈이하는 황소처럼
솥뚜껑을 동무 삼아 달려왔더니
어라! 계급장이 붙었다

"현대판 장금이라고~"

제목 : 장금이는 뉘요
시낭송 : 최명자
스마트폰으로 QR 코드를 스캔하면
시낭송을 감상할 수 있습니다

가을 연가

가을바람이 잔잔히 불어오는 밤
창밖에선 밤안개 이불 삼아
풀벌레들의 사랑놀이 한창이다

지난 여름날의 추억들을 풀어 놓느라
구름이 가는지 별이 지는지
개의치 않고 조잘거린다

가을밤은 깊어 가고
하얀 벽면에 걸린 시계의 재잘거림도
추억을 풀어 달 뒤에 걸고 있구나

꼬맹이 키 자라는 소리에
실 같은 짜증이 꼬드겨도
토닥토닥 다독이는 노래에 녹고
풀벌레 찬가에 두 눈을 감는다.

제목 : 가을 연가
시낭송 : 박영애
스마트폰으로 QR 코드를 스캔하면
시낭송을 감상할 수 있습니다

비밀

소녀에겐 비밀이 있어요

파란 새싹이 피어날 적에
노란 산수유 꽃망울의
예쁜 입술을 훔쳤거든요

그때부터 소녀는
깊은 사랑에 빠졌답니다

햇살 웃어주는 한낮이면
연둣빛 사랑을 속삭이고
바람 소리 자장가 삼아
은하수 건너 달나라도 갔었지요

첫눈이 내리는 날
난롯가에 앉아 눈 꽃송이 바라보며
빨갛게 익어간 산수유 열매 동동 띄어
못다 한 밀어를 속삭일 거예요

아무도 모른답니다
소녀가 짝사랑에 빠진 것을
소녀의 비밀은
바람만이 알고 있답니다.

제목 : 비밀
시낭송 : 박영애
스마트폰으로 QR 코드를 스캔하면
시낭송을 감상할 수 있습니다

31

소꿉친구야

그 옛날 어린 시절
고향 모습은 거물거리지만
기억은 선명하다

엄마의 품속같이 따뜻한 곳
공기만 마셔도 배부른 곳
마냥 안기어 쉬고 싶은 내 고향

향수에 젖어 한달음에 달려가 보면
왠지 딴 세상인 듯 낯설지만
아련히 떠오르는 코찔찔이 친구들

대추나무집 영숙이네 마당에서 구슬치기하고
손등이 거북이 등짝 같이 터지도록 자치기하던
그때 소꿉친구들이 그립다

옥수수밭에선 옥수숫대 벗겨 먹고
깜부기 따 먹으며 검은 입술 보고 깔깔거리던 친구들아
살랑이는 봄바람에 팝콘 터지듯 하얀 꽃비가 내린다

소꿉친구야 보고 싶다
고향 집 뜰 안에도 복사꽃 피고 추억들이 조잘거리겠지
우리 함께 소꿉놀이하러 가보자꾸나.

제목 : 소꿉친구야
시낭송 : 최명자
스마트폰으로 QR 코드를 스캔하면
시낭송을 감상할 수 있습니다

염탐

창가에 살포시
내려앉아 귀를 쫑긋 세운 너

너의 나지막한 숨소리가
내 마음을 콩닥거리게 하잖아

너는 새침데기
은밀하게 들여다보지만
내 마음은 항상 오픈되었어

숨어서 염탐 말고
훌쩍 들어와
세상 도는 이야기 들려줄래.

아무도 모를 거야

하늘을 방황하던 먹장구름이
순식간에 눈물을 쏟는다

애써 추스르고 있던 호수마저 그렁그렁
오늘만큼은 호수도 어쩔 수 없이
수문을 열어야 맑게 갤 것 같다

무작정 먹장구름 뒤를 따라나섰다
주룩주룩 내리는 비를 맞고 걸으면
아무도 모를 거야 눈물인지 빗물인지

때로는 아무에게도
눈물을 보이고 싶지 않은 날이 있는 법
그래서 빗속을 거닐고 있다

옥죄이고 답답했던 시간의
꿉꿉함을 말끔하게 씻어내고
방글거리기 위한 몸부림이란 걸 아무도 모르겠지

먹장구름 속을 털고 나면 파란 웃음 짓듯이
찰람거리던 호수도 한바탕 비우고 나면
해바라기 닮은 웃음꽃이 핀다는 걸
아마도 아무도 모를 거야.

제목 : 아무도 모를 거야
시낭송 : 최명자
스마트폰으로 QR 코드를 스캔하면
시낭송을 감상할 수 있습니다

별꽃의 속삭임

유유히 살아온 날들이
아침 햇살에 피어오르는 물안개 같다

바람 따라 구름처럼 살아온 날
지그시 눈을 감으면 별꽃으로 피어난다

바람이 불면 구름 지고 내려와
머리맡에 내려앉고

별들의 속삭임이 귀 볼을 간지럽히면
그리움 보따리 풀어 놓는다

봄을 움 틔우는 아지랑이 꽃처럼
밤하늘 별들과 소곤거리노라면

아득히 묻어 두었던 옛 추억에
은하수 건너 꿈속을 거닌다.

나팔꽃

참 이쁘다
밤새
윤슬을 먹어서일까

초록 치마에
다홍 저고리 입고
서방 따라나서던
내 모습 같아라.

수박 서리

삼복더위가 되면
호롱불 들고 팔랑거리던
그때 유년 시절이 달려온다

별똥별 내리는 밤이면
엉금엉금 밭고랑을 훑으며
통통 소리만 듣고 톡 따다가

삼각형을 그어 짚어 내면
빨강이 아닌 희멀건 분홍색
에구 날탕이다

겉은 초록이요 속은 빨강인데
두들겨본들 그 속을 어찌 알리
더군다나 밤손님에게 속을 보일 리가 없지.

임 좇아가는 길

내 방을
들여다보는 임의 얼굴이
환하게 웃으면

임의 품에
안기는 내 마음에도
희망이 싹 틉니다

고단하고 힘들 때
당신을 바라보면
지쳐 무거웠던 짐은
봄 눈 녹듯이 사르르 녹고

한참을 머물다
떠나는 임 그림자 좇아 가면
매일 밤 시달리던 꿈길도
꽃길이 되어 아주 편할 것 같아요.

곡예사

가을 햇살에 매달려
유리창을 닦는다
창 안에 또 다른 사람 있다

오른팔 왼팔
번갈아 움직이며
서로를 닦아주듯 닦는다

툭 하고 한 칸 내려오면
창 안에서 같이 내려오고
이쪽저쪽 같은 곳을 바라본다

혼자가 아닌 쌍둥이 고공행진 외줄 타기
아 멋있다 곡예 하는 미화원
날마다 자신을 닦는 깔끔이

외벽을 오르내리며 말끔히 닦아 놓으니
따사로운 햇살과 유영하던 구름이
냉큼 들어앉아 환상의 커플로 반짝인다.

사랑은

사랑이란
감추고 싶은
수치심도 감싸주고

사랑이란
숨겨 놓은 아픔도
함께하는 진실함이며

사랑이란
배려와 인내로
기다리는 것이다.

모녀의 웃음소리

오늘은 새색시 궁둥아리 닮은
보름달이 더 환하게 웃는다
숨소리조차 들리지 않던 소녀 방이
하하 호호 까르르 낄낄 웃음꽃이 피었다

엄마와 두 손 잡고 밤새워
지난 시절을 소환하여 줄줄이 풀어 놓으니
아득한 옛날이야기다

엄마의 굽은 등과 휘어진 손마디가 몹시 아프다
아무리 쓰다듬어본들 무엇하랴
피붙이 아래 묻어 둔 삶의 흔적을 더듬으며
베갯머리 젖는 줄도 모르고 속을 내보인다

개선장군보다 장하신 울 엄마
더도 덜도 말고 지금처럼만
큰소리로 환하게 웃으시면 좋으련만

고요함을 깨고 퍼지는 웃음소리에
보름달도 심쿵했는지
떠날 줄 모르고 방글방글 웃는다.

자리끼

고사리손으로
사뿐사뿐
컵을 들고 들어서며
"할머니 밤에 기침해서요"

참!
눈물이 납디다
나도 못 해본 일인데
자리끼를 받다니.

커피 한잔

먹지 말아야 할 것을
오후에는 참아야 했는데

오락가락하며 꼬드기는 빗소리에
달콤하게 한잔 마신 것이 독이 될 줄이야

밤바람이 들락이며 토닥여주고
개구리 조잘조잘 자장가 들려주지만

죄 없는 죽부인만
끌어안았다, 밀어냈다 귀찮게 하는 밤

여명이 밝아 올 때까지 긴긴 시간 어쩌나
찰칵찰칵 초침 소리도 얄미운 시간이다.

그런 날 있잖아요

모닝콜이 늦었나
창밖은 어스름하고
해님도 늦잠을 자는가보다

웬일일까
눈을 비비며 마중하니
저 멀리 재를 베고 울고 있어요

걱정 반 근심 반
실눈으로 넘겨다보니까
이슬들이 초롱초롱 다가와 귓속말합니다

오늘은 해님 기분이
웃고 싶은 날이 아니랍니다
그냥 펑펑 울고 싶은 그런 날이랍니다.

제2부 시를 쓰는 소녀

새봄이 오는 길

새하얀 솜사탕 사르르
대지를 깨우니 소슬바람에
봄 내음 살랑살랑 일고

갈대숲에 숨어든 바람도
사각사각 봄노래를 부르고
참새들은 데굴데굴 굴러다닌다

반짝이는 햇살 등에 지고
비상하는 철새들의 날갯짓이
봄을 부르듯 화려하다

파란 하늘이고 흐르는 시냇물은
구름 따라 바람 따라 졸 졸졸
남으로 남으로 봄 마중을 한다.

시를 쓰는 소녀

빨간 햇덩이가 하얀 구름 타고
파란 바다에 숨어드는 순간
잔잔한 바다는 무지갯빛 포말로 부서진다

살랑살랑 찾아든 가을바람은
천지를 유영하며
소녀 내심까지 흔들고 있다

노을 진 자리에
빨간 도화지가 펼쳐진 만큼
반짝이는 촉을 잠재울 수는 없지

황홀함에 사색하던 소녀의 붓은
포말에 오선지를 그려놓고
곱디고운 시어를 줄줄이 걸어 놓는다.

제목 : 시를 쓰는 소녀
시낭송 : 박영애
스마트폰으로 QR 코드를 스캔하면
시낭송을 감상할 수 있습니다

총각 선생님

교문을 나서면
수양버들 늘어진 쪽 개울이 있었지
동무들과 물장구치기를 하면
달처럼 웃고 계시던 선생님

돌멩이 쳐들면 가재들이 집을 짓고
까만 고무신으로 버들치 잡아
볏짚에 구워 먹던 그때가
사무치도록 그립습니다

별밤이면 하숙집 사랑방에
옹기종기 엎드려 시험공부하고
촛불 꺼지기만 기다리던
철없던 그때 그 시절

올바른 밥그릇 챙겨 큰 나무가 되라고
밤낮으로 회초리를 놓지 않으시며
주마등이 되어 주신 선생님
지금은 어디에 계시는가요

허연 서리가 내리고
깊어진 고랑을 보며
이제야 불러 봅니다
선생님! 꼭 한번 뵙고 싶습니다.

제목 : 총각 선생님
시낭송 : 조한직
스마트폰으로 QR 코드를 스캔하면
시낭송을 감상할 수 있습니다

콩깍지

1983년 12월 12일 12시
영하 18도를 넘는 혹한에
뭐가 뒤집어씌웠을까

폭설로 마비된 날
하얀 드레스 펄럭이며
철없이 수줍어하며 방그레 웃던 나

40년 전에 쓰인 콩깍지 쓰고
희뿌연 안개 속 걸어오느라
무던히도 애썼다

그때나 지금이나 혹한은 매한가지
콩깍지 벗어내고 거울 속을 보니
희끗희끗한 서리뿐이다

첫눈이 내려 하얗게 쌓일 때면
아직 내 심장은 콩닥콩닥 뛰는데
어느새 주름골을 세는 날이 잦아진다.

유혹

하늘 아래 첫 동네에서
신선놀음하다가 한 계단 두 계단
슬금슬금 내려와

누가 먼저랄 것 없이
고운 옷 훌훌 벗으며
살랑살랑 꼬드기면 나는 어떡하라고

파란 하늘 업고 내려와
열두 폭 그림 그려놓고
살살거리는데 천하일색 황진희인들
어찌 안 넘어가겠는가

봄이 오고 여름이 가도록 기세등등하더니
세월에 못 이겨 알몸으로 유혹하니
황홀경에 빠져 헤어날 길 없네.

연못가에 피어나는 봄

꽁꽁 얼어붙어
숨골조차 막혀 있던 연못가에
봄바람이 살랑살랑 춤추고
구름 쫓아낸 햇살이 길게 눕는다

얼음장만 가득했던 곳
그곳에도 양지는 있어
연못 귀퉁이부터 살살 녹여
수정처럼 맑은 살얼음에 무지개 피었다

진구렁 속에서도 탁한 숨골 견디며
봄을 기다린 생명체
햇살 쫓아 요리조리 몰려다니는 모습은
봄날에 속살 드러낸 그미의 유혹처럼
잠시라도 눈을 뗄 수가 없다

해동이 되고
봄 햇살이 쉬어간 자리에
겨울잠 자던 수초들이 살랑이고
뻐끔거리며 봄을 맞는 물고기들이
봄 소풍 가듯 떼를 지어 노닌다.

제목 : 연못가에서 피는 봄
시낭송 : 박영애
스마트폰으로 QR 코드를 스캔하면
시낭송을 감상할 수 있습니다

엄마의 팥죽

엄마의 팥죽이 그리워진다
큰 가마솥에 시뻘건 장작 피워
곰삭게 삶은 팥을 짜느라 자줏빛 화장하고
흰 수건으로 눈물 콧물 닦으시며
끓여 주신 달콤한 팥죽이 생각난다

문명시대에 들어선 지금
자동 솥에 타이머 맞추어 팥을 삶아
믹서에 둘둘 갈아 냉동 새알 넣고 끓이면
달콤한 팥죽이 뚝딱 끓여지지만
엄마의 팥죽에 비할까

세월 참 좋아져서
일손을 덜어 편하긴 하지만
눈이 쌓인 동지섣달 긴긴밤에
옹기종기 모여앉아 먹던 달콤한 팥죽
엄마가 정성으로 끓여 주신 팥죽이
진품명품 동지팥죽이다

하얀 눈이 소복이 쌓인 장독대에
김이 모락모락 나는 팥죽 올려놓고
두 손 모아 가족의 액운 소멸을 빌며
끓여 주신 엄마의 팥죽이 아주 많이 그립다.

제목 : 엄마의 팥죽
시낭송 : 박영애
스마트폰으로 QR 코드를 스캔하면
시낭송을 감상할 수 있습니다

사랑이란

밤바람마저 잠들었는데
잠 못 드는 소녀 가슴은
촛불 흔들리듯 흔들린다

정적은 쉼 없이 깊어만 가는데
그대를 향한 그리움은 모래성처럼
쌓으면 무너지고 또 쌓으면
포말(泡沫)에 씻기듯 사라진다

달그림자는 구름속을 들락이며
애처로운 듯 간간이 눈물짓고
어렴풋이 스쳐오는 그대의 향기는
가슴속 깊은 곳에서 눈물짓는다

아마도 그리움이 아닌 사랑인가 봐
예전에는 미처 몰랐던 야릇한 느낌
그리움은 쌓여 가고 향기는 짙어간다
이것이 사랑이란 걸까.

제목 : 사랑이란
시낭송 : 최명자
스마트폰으로 QR 코드를 스캔하면
시낭송을 감상할 수 있습니다

예쁜 도둑

도난신고를 해야 할까 봐.

하얀 천으로 얼굴을 가리고
토끼처럼 까만 눈동자만 굴리며
초인종을 누른다

도둑인 줄 알면서 버선발로 반기는 할머니
아이고 내 강아지 왔네
반가운 마음 앞서 덥석 안으려니

할머니 손 씻어야 해요
까치발로 비누 거품 몽글몽글 내어
오물쪼물 기특하기도 하지
할머니 입가에 미소가 낮달만큼 환하다

간밤에 둥근 달이 불침번을 섰건만
할머니는 고물고물 손자녀에게
도둑을 맞았습니다

예쁜 도둑에게 엔도르핀은 받고
마음은 빼앗겼다니까요
어디에 신고해야 하나요.

제목 : 예쁜 도둑
시낭송 : 박영애
스마트폰으로 QR 코드를 스캔하면
시낭송을 감상할 수 있습니다

아기별

노을을 먹은 빨간 개울물에
수양버들 머리를 감고
풍덩 빠진 쪽 구름 멱을 감는 석양 길

버들이 손목 잡고
두런두런 그리움을 좇아가니
어느새 고향 집 댓돌이더라

처마 끝에 달린 초승달이
저녁 이슬에 무지갯빛 날개 달고
구름 위를 유영하며 톡 톡 아기별을 낳고

댓돌 비집고 피어난 제비꽃은
함박웃음 지으며
아기별과 포옹을 한다.

굽이굽이 고갯길

한 고개 두 고개
굽이굽이 고갯길
엄마 젖가슴 주무르며
꼬무락꼬무락

세 고개 네 고개 넘던 길
엉겅퀴 가시덤불 헤치며
금쪽같은 내 강아지
가슴에 멍들세라
허리 휘어지는 줄 몰랐다

다섯 고개 인생길
중턱에 올라 하늘을 보니
하얀 구름 사이로
파노라마 되어 흘러간다

여섯 고개 일곱 고개
황금 같은 황혼길
뜨락엔 예쁜 꽃 심어 웃음 피우고
차 한잔에 고운 시심 담아
멋진 정원사로 넘어 보자꾸나.

꽃잠

지아비 지어미로
인연 맺어 꽃잠 자고
댕기 머리 풀어
백년가약을 했지

올망졸망 피어난 꽃망울
시들어질세라 노심초사하고
고쟁이 질끈 동여맨 세월에
해지는 줄 몰랐다

서산중턱에 한시름 걸어 놓고
이렁저렁 세월을 읊으려니

하얀 햇살에 반득이는 것은
이마에 파인 밭고랑이요
서리꽃 닮은 서리 밭이더라.

제목 : 꽃잠
시낭송 : 박영애
스마트폰으로 QR 코드를 스캔하면
시낭송을 감상할 수 있습니다

* 꽃잠 : 신혼초야의 순우리말

칠 일 동안

바쁘게 살아오다 보니
어머니 손 한번 꼭 잡아보지 못했다
더 늦기 전에 하얀 이밥 한 끼 지어 드리려고
칠일간의 동침을 마련했다

거칠어진 손을 쓰다듬노라니
아 야, 네 손이 왜 이리 거치냐
이 손이나 그 손이나 매한가지구먼
도란도란 얘기 보따리 풀어놓다 보니
해가 중천에서 환하게 웃는다

젊은 시절을 소환하여 드리고 싶었다
단양팔경 충주호 장회나루 등등
비록 드라이브스루 관광이었지만
내내 이야기꽃을 피우시는 어머니

언제 또 이런 날 있겠냐며 시골장 구경 가자고 하신다
구슬 달린 꽃분홍 티셔츠와 꽃가방
좋아하시는 모습이 어린애처럼 해맑다
카메라 어색하실까 봐 몰래몰래
칠 일 동안의 행복 영상으로 곱게 담아 놓는다.

겨울밤의 애상

살을 에는 바람마저
사립문 넘어서서는 차마
문고리를 흔들지 못합니다

고요가 긴 겨울밤을
침묵으로 묵인할 때면
에는 바람보다 더 무서운 게
그리움입니다.

휘영청 밝은 달그림자 좇아
처마 밑을 배회하던 동장군도
까치발로 사뿐거리는 밤

문풍지 흔들어대는 날숨
그리움을 토닥이고
콩닥콩닥 방앗소리는
임을 부르는 노래입니다

밤새도록 달빛이 머물러도
휑한 호수는 채워지지 않고
그리움은 눈물비 되어 내리는 밤입니다.

제목 : 겨울밤의 애상
시낭송 : 박영애
스마트폰으로 QR 코드를 스캔하면
시낭송을 감상할 수 있습니다

살아가는 동안

살아가는 동안 채워야 하는 것보다
비워야 할 게 더 많지 않은가
비켜 지나쳐야 하는 걸 알면서도
슬쩍 눈감아 버린 일들이 많은 날

먼 훗날이 되면 차곡차곡
쌓여 있던 수수께끼는
실타래 풀리듯 술술 풀리지 않을까
인생은 갈수록 무리수인 것을
항상 채우려는 욕망이 있기에
시간의 노예로 살고 있다

삶이 고개를 숙이고 익어 갈수록
채우기보다는 비울 줄 아는
지혜가 필요하지 않겠는가
굳이 채우려 했던 욕심도
시간이 지워 주고 있음에 감사하자

그저 빈자리는 빈자리로
남겨 놓는다는 것은
자신을 위한 보살핌이고
타인을 위한 존중이다.

토끼의 산책길

새해 새날
토끼가 단단히 결심하고
체력 단련에 나섰건만

아니 글쎄
호랑이도 아닌 새끼 고라니가
길을 막고 나섰다

긴긴 겨울 먹이 찾아 나섰다가
토끼 기침 소리에
후다닥 줄행랑을 친다

아구 깜작이야 놀랬잖아!
호랑이도 아닌 것이
토끼의 심장을 쪼그라들게 해

엊그제 호랑이도 보낸 나인데
어디 감히 고라니 네가
명함을 내밀고 있는 거니

올해가 계묘년 검은 토끼해인걸
나도 올해는 물 만난 고기처럼
푸른 초원을 마음껏 뛰어다닐 거야.

가을 향기

여름이 떠나는 날
아쉬움이 남아서일까
추적추적 안개비가 내립니다

지난밤 귀뚜라미 등에 업혀
문지방을 넘은 가을 향기가
솜사탕처럼 달콤하여 두 눈을 감아 봅니다

솔솔 불어오는 가을바람은
향긋한 국화 향기 한 움큼
창가에 걸어 놓고 눈물만 흘립니다

살그머니 들어와 앉은
싱그러운 가을 향기가 너무나 고와서
차마, 잘 가라는 말조차 할 수가 없습니다.

대청봉의 추억

가랑잎 서걱대는 산행길
달빛 따라 별 꼬리 잡고
해맞이했던 대청봉의 추억

조금만 더 조금만 더
작은 손전등 불빛 따라
젖 먹던 힘을 다해 할딱거리며
최고의 봉에 오르니

검은 바다 밀어내고
떠오르는 붉은 태양에 쫓겨
달도 숨고 별도 숨었었지

구름 위에 앉아서
컵라면에 정상주 한잔
지친 몸을 달래주는 보약이었다

언제 또 가 볼 수 있을까
꿈에서라도 그때 그 시절
그리운 얼굴들 만나 볼 수 있을까
번개처럼 왔다가 속절없이 가는 인생
그때 그 추억이 많이 그리워진다.

요동 소리

하늘은 잔뜩
진회색으로 화장하고
가랑비만 촉촉이 뿌려 줍니다

거꾸로 선 가로등 불빛만
반짝이는 어스름한 저녁
뜻 모를 요동이 밀려오네요

창문 너머 우두커니 한 소녀
곱게 두 손을 모아 보지만
아련했던 그리움만 한 움큼

잡힐 듯 잡히지 않는 그리움마저
가랑비에 젖어 내리는 밤
멈추지 않는 요동은 어찌할까요

하늘이시여
살 떨리는 가랑비 거둬주시고
요동 소리 멈추게 소낙비 내려 주세요.

가슴에 묻었다

너를 보내고 석삼년
한 번도 찾아갈 수가 없었다

나의 채취 흔적 차 소리까지
알아듣는 너에게
더는 아픔을 주면 안 되니까

끝까지 책임지리라
같이 살자 약속해 놓고 너를 보내 놓고
죄책감에 편한 잠 잘 수 없었다

그저 잘 지내기를 바랐는데
가는 길에 잘 간다고
꿈속에 찾아와 소식 줘서 고맙다

봄아! 아주 미안해
이별 없는 세상에서
아프지 말고 편히 쉬어라

이제
네가 잠들어 있는 곳에 가서
그리움 털어놓고 실컷 울어 보련다.

* 봄이 : 15년 함께 살다가 보낸 반려견

처서에 비가 내리면

처서에 비가 내리면
시집갈 날 정해 놓은
큰 애기가 우는 날이다

선들선들 바람이 불어야
곡식이 무르익고
울안 밖 과일이 붉게 익는다

처서에 비가 내리면
익어가던 곡식과 과일이 더는 익지 않아

혼삿날 정해 놓은 부모 마음 녹아내리고
시집갈 처자 서방 못 따라갈까
속앓이하는 날이다.

붓

일몰이
울며 누운 밤
잠에서 깬
개구리 목을 푼다

구슬픈 가락에
멍때리다
사색하던 글쟁이는
붓을 세웠다.

인생무상

벌거벗은 빈 가지에 걸려
흔들거리는 나뭇잎에 사색하며
공연한 비바람을 몰고 와
잔잔했던 내심에 파장이 일었다

무수(無數)한 날
살아온 것 같아 되돌아보려니
아물아물 아지랑이 피어오르듯
기뻤던 일보다 숨죽여 있던
상처가 냉큼 고개를 든다

분명, 웃을 일도 있었으련만
지난날을 게움질 해 봐야
꾸덕꾸덕 아물어가는 마음에
돌을 던지는 격인 줄 알면서
손톱 밑에 든 가시 후비듯 끄집어낸다

우리네 삶은 인생무상이라 했는데
순리대로 살면 될 것을 조급증에 노예가 되었는가
묵묵히 나이테를 늘려가는 나무처럼
세월 좇아 터벅터벅 가다 보면
枯木(고목)에도 꽃 필 날 있다던데
허허롭던 지난날을 추억이라 말할 수 있겠지.

지구가 아파요

아무렴
하늘의 뜻은 아닐 거야
온난화로 변해가는 세상을
하늘이 바라는 일은 아니라는 걸 알아

한 치 코앞을 못 본
무지한 인간들의 과다 남용으로
하늘이 노하고 지구가 몸살을 앓아
시도 때도 없이 열을 토해내고 있는 거야

아무렴
더는 후회하는 일 만들면 안 돼
지금부터라도 에너지 절약하여
자연을 아끼고 사랑하면
하늘도 아픈 지구를 지켜줄 거야.

허수아비

하늘을 짊어지고
흐르던 구름 조각들
숨어 잠자던 해님을 깨운다

사시사철 단벌 신사
휑하니 들판에 미동도 없이
길목을 지키는 허수아비

낮에는 햇살에 기대어
바람에 안긴 채 쪽잠 자고
밤에는 달빛을 이고
선잠으로 아침을 맞는다

꽃이 피면 같이 웃고
비가 오면 같이 울고
눈보라가 몰아쳐도
쓰러지지 않는 허수아비

꽃피는 새봄이 왔는데
새 옷 한 벌 선물해줘야지
노랑 저고리에 초록 치마 한 벌.

내비게이션

이만큼 와 돌아보니
내비게이션이 없었다
안개 자욱한 세 갈래 갈림길
이정표는 더더욱 없던 시절

그저 주어진 삶에 따라
이리 가라고 하면 가고
저리 살라고 하면 살았다

이제는
내비게이션을 달아야겠어
시 밭을 목적지로 설정해 놓자

삶을 씨앗으로 뿌리고
인생은 꽃밭을 가꾸어
벌들의 입맞춤을 받으며
멋들어진 탱고 춤을 추는 거야

운무가 모락모락 피어나는 아침이면
일곱 빛깔 무지개 햇살에 시를 걸고
뭇별들이 춤을 추는 밤이면
은하수 건너 달나라도 가 보는 거야.

나의 아픈 손가락

첫 돌쟁이 내 새끼
젖 대신 손가락만 빨아
엄지손가락은 뱀 두상이 되었고

초등학교 입학하던 날
어미 떨어질세라 눈물로 보낸 시간을
모른 채 외면했던
어미 가슴은 다 녹아내렸었다

일등생은 아니었어도
착하고 건강하게 탈 없이
잘 자라주어 고맙기만 하구나

어미에게 응석 한번 못 부리고
둥지를 떠난 내 새끼
나의 아픈 손가락

이젠 너의 둥지를 틀었으니
크게 소리 내 울어도 보고
호탕하게 맘껏 웃어도 보고
너의 사랑과 행복
꼭 잡길 어미는 날마다 기도한다.

제목 : 나의 아픈 손가락
시낭송 : 조한직
스마트폰으로 QR 코드를 스캔하면
시낭송을 감상할 수 있습니다

시월이 되면

가을향기 코끝을 스칠 때마다
귀에 익은 웃음소리가 까르르 굴러와
무릎 베고 누워 말그레 바라본다

살기 바빠서
삶의 언저리에 그리움만 동여매고
밤하늘을 물끄러미 바라보면
수많은 추억은 쏟아지는데
정작 잡아보면 형체 없는 동그라미 뿐

어쩌다 눈썹달에 달무리가 지고
성급히 떨어져 굴러다니는 낙엽을 보면
눈망울에도 방울방울 물방울만 고인다

시월이 되면 왠지 더 스산하고
외로움은 갈피 갈피마다
차곡차곡 쌓여만 가니
세상만사 훌훌 털어내고
정처 없이 떠나고 싶어진다.

강냉이죽

땟거리가 없는데
빈 가지엔 앙상한 망울만 주렁주렁
우렁각시가 있긴 한가! 어디 갔을까?

달빛에 속을 털고
까치밥과 강냉이를
한숨으로 볶아내신 어머니

호수에서 물을 길어 맷돌질하고
별빛 받아 끓인 뽀얀 죽은
어머니의 사랑이었습니다

사랑으로 차려낸 밥상머리엔
망울들의 웃음꽃이 담장을 넘었고
어머니의 미소는 보름달이 되었습니다

언제나 밝게 빛을 주신 어머니
보름달이 일그러진 지금에야
하얀 이밥 한 그릇 올립니다

"어머니 사랑합니다"

* 노모의 삶을 옛날이야기처럼 흘리기엔
　너무 안타까워 시로 남깁니다.

제목 : 강냉이죽
시낭송 : 박영애
스마트폰으로 QR 코드를 스캔하면
시낭송을 감상할 수 있습니다

그리움만 쌓이네

당신을 떠나보내고
텅 빈 가슴엔 온통
당신과 함께했던 순간순간이
하얀 눈처럼 소복이 쌓였습니다

당신 향한 그리움은 짙어만 가고
화려한 춤을 추는 눈꽃들이
당신의 웃음이 쏟아지는 것 같아
두 손 모아 잡아보지만 내내 빈 손바닥

마냥 웃어주던 당신의 미소가
하얀 꽃송이 되어 소복이 쌓이는 날
그리움에 철퍼덕 주저앉아
당신 닮은 눈사람 만들어 봅니다

삐뚤빼뚤 눈썹 그리고
주먹코에 코털 붙여 못난이 눈사람 만들어 놓고
심술을 잔뜩 부려보지만
그리움은 한없이 쌓여만 갑니다

아주 멀리서 당신의 웃음소리가
바람결에 굴러옵니다
당신을 향한 그리움은 함박눈처럼
밤새 쌓일 것 같은데
당신 계신 곳에도 함박눈이 오나요?

제목 : 그리움만 쌓이네
시낭송 : 박영애
스마트폰으로 QR 코드를 스캔하면
시낭송을 감상할 수 있습니다

여명

사춘기 소녀
볼때기 빨개지듯
동녘 하늘이 붉게 물들었다

사뿐사뿐
발소리도 없이
온 세상에 빛을 내리니

산허리를 맴돌던 운무는
슬금슬금 옷을 벗으며
무지갯빛 햇살로 화답한다

잠자던 초록들이
대롱대롱 이슬 받아 눈곱 띨 때
솔솔 불어오는 가을향기 모아
구수한 된장찌개 끓여 마주 앉은 아침이다.

제목 : 여명
시낭송 : 박영애
스마트폰으로 QR 코드를 스캔하면
시낭송을 감상할 수 있습니다

동심

콩닥콩닥 두근두근 코흘리개 적
좋아하는 이웃집 오빠를
마주쳤을 때보다 더 방아를 찧는다

동이 트려면 아직도 멀었는데
단짝 친구 오는 날
선잠 몰아내고 거울 앞에서
요리조리 꽃단장하느라 바쁘다

지금도 예쁘겠지 무엇을 해야 하나
어디 좋은 곳 가야지 뭐 맛난 것 먹을까

개나리 진달래 필 적에
꽃구경 가는 처녀 가슴 부풀 듯 부풀고
발그레한 두 볼은 해 마중에
동녘 하늘만 바라보는 꼭두새벽.

제3부 별을 훔친 사연

풋내기 시인

비가 내리네
가을비가 내리네
가을을 보내기 싫어
종일 내내 울고 있는 모양이다

노랑 빨강 주홍 잎은
꽃비 되어 내리고
가을은 미련만 남겨둔 채
저만치 떠나가고 있다

꽃비에 홀려
골머리만 쥐어짜며
어쭙게 시인 행세하는 꼴이
참으로 가관이로구나

시어를 낚겠다고
시를 지어보겠다고
갖가지 품새로 꽃비를 맞으며
정처(定處) 없이 걷고 있다.

별을 훔친 사연

산골 소녀는
날마다 제일 반짝이는 별이 되고 싶었지

어둠이 짙어갈수록
더 빛나는 별
난 그 별을 갖고 싶었다.

꿈은 한없이 광대(廣大)했는데
풀잎 끝에 달린 이슬보다
더 먼저 떨어지면 어쩌나 하는 조바심에
안타까운 날들이었지

별을 따는 꿈을 깨고
별을 훔치기로 했다

하늘에 뜬 별 말고
내가 별이 되는 거야
수단과 방법 가리지 말고 별이 되어 보자

정직하고 진정한 삶을 살아
별을 따면 된다고 생각하고
내 몸이 부서지는 줄 모르고 달려왔더니
저 별과 동등하게 빛을 내는 별이 되었다.

제목 : 별을 훔친 사연
시낭송 : 조한직
스마트폰으로 QR 코드를 스캔하면
시낭송을 감상할 수 있습니다

고마리

자세히 보면
더 예쁘고
가만히 보면 더 고운 꽃

너무 작아서
한눈팔면
꼭꼭 숨어버리는 너

아주 작지만
진한 향기는 천 리를 가는
너는 고마리여라.

인생길

굽이굽이 돌아온 길
눈물 강을 건너면
또 눈물 강

세월에 속고 속아서
재를 넘어서니
할미꽃이 쉬어가라 하네

한 발짝 띠면
세월은 두 발짝 띠고
뒤돌아보면
아물거리는 초야일 뿐

달음박질하는 세월
잡을 수가 없으니
허허로운 속내는
할미꽃 홀씨로 날려 보내고
한 고개 또 넘어 볼까나

세월이 나를 끌고 가던
내가 세월을 쫓아가던
이왕에 내친걸음
어차피 동행인데
세월 타령하면서 넘어 보자.

제목 : 인생길
시낭송 : 박영애
스마트폰으로 QR 코드를 스캔하면
시낭송을 감상할 수 있습니다

가을밤은 깊어가고

암솔 가지 끝에
활활 타는 놀 한 자락
서녘 하늘을 뒤덮는다

선홍빛 햇덩이 좇아가노라면
어스름한 처마 끝에
말간 빛 연등 하나 달려 있네

자지러지게 울어대던
매미 소리 멀어지고
어딘지 모를 담벼락에서
귀뚜라미 힘없이 울고 있는 밤

구름 속을 들락이던 연등은
주홍빛을 흐리며 멀리 숨었거늘
겨울 문턱을 넘어야 하는 아쉬움인가
상금(尚今) 소쩍새도 울고 있구나.

제목 : 가을밤은 깊어가고
시낭송 : 박영애
스마트폰으로 QR 코드를 스캔하면
시낭송을 감상할 수 있습니다

* 상금 : 지금까지, 또는 아직

한가위 보름달

보름밤에는
실오라기 하나 걸치지 않고
오롯이 민낯으로
밤새 창가에 앉아 계셨는데

눈에 넣어도
아프지 않은 강아지 재롱에
해롱해롱 취해서 그만
버선발로 반기지 못했습니다

아쉬워 너무나 아쉬워서
오늘도 오시려나
집 나간 서방 기다리듯 하늘 멍하고 바라보니
오늘은 슬픔 가득한 모습입니다

진주처럼 반짝이던 얼굴엔
진회색 스카프만 휘휘 감고
은하수도 외면한 채 구름 속만 들락날락
달님 어제 못 나눈 정 나누고 싶습니다

오늘도 유효한가요?

제목 : 한가위 보름달
시낭송 : 박영애
스마트폰으로 QR 코드를 스캔하면
시낭송을 감상할 수 있습니다

울 엄마

그리움 가득 안고
고향 가는 길
한들거리는 코스모스도
덩실덩실 더덩실

꽃향기에 뭉게구름 달고
고향 가는 길
산허리에 내려앉은 운무 사이로
울 엄마의 미소가 보인다

굽은 허리 애써 펴고
손만 내미실 울 엄마
버선발로 반기시던 모습은
세월에 묻었구나

카랑카랑한 목소리 쫓아
한달음에 다다르니
사립문 넘어 전해 오는 향기는
울 엄마의 젖내였다.

제목 : 울 엄마
시낭송 : 박영애
스마트폰으로 QR 코드를 스캔하면
시낭송을 감상할 수 있습니다

엽전

별것도 아닌 것이 왕이 된다
별것도 아닌 것이 위대한 사랑을 받고
별것도 아닌 별것이 세상을 지배한다

고것에 눈이 멀고
고것의 꼬임에 빠져
고것의 놀잇감이 되어 간다

기름기 잘잘 흐르는 배 사장
속이 텅 빈 허우대 멀쩡한 주색 남
밤이슬을 좋아하는 담치기
검은 안경 씌워 놓으니
모두가 눈뜬장님인 것을

집 잘 지키는 발발이와
일 잘하는 누렁이도
안 집어 먹는 땡 낮이 춤을 춘다

조그만 엽전에 세상은 돌고
얄팍한 종이 한 장에
세상은 노예가 되어 가고 있다.

제목 : 엽전
시낭송 : 조한직
스마트폰으로 QR 코드를 스캔하면
시낭송을 감상할 수 있습니다

딱 좋은 나이

그때는 왜 몰랐을까
연분홍 치마에 연두저고리
나풀거리면 향기가 나는 것을

그때는 왜 그랬을까
쓰면 쓰다고 달면 달다고
짐이 무거우면 투정도 부려볼 것을

이제 와 젊은 날을 회상하니
어깨 위엔 지게뿐이었고
속내는 검은 숯덩이뿐이었다

사는 게 바빠서
돌아보지 못한 세월
어느새 여기까지 왔을까

참 맛을 다 보고 살아온 삶
황혼 열차에 올라 청춘을 돌아보니
지금이 딱 좋은 나이다.

제목 : 딱 좋은 나이
시낭송 : 박영애
스마트폰으로 QR 코드를 스캔하면
시낭송을 감상할 수 있습니다

용돈

일주일에 한 번 받는 천원
수입만 있고 지출이 없던 용돈 기입장에
2022년 5월 8일 지출이 기재되었다.

8살 손녀는 5개월 만에
할머니 생일 용돈 만 원
10살 손녀는 2년 만에
할머니 생일 꽃다발 만 오천 원

고사리손으로 전해 오는 감동
기쁨보다 기특함에 눈물이 났다
백지수표보다 크고
백만 송이 장미보다 예쁜 사랑

꽃이 시든다 한들 어찌 버릴쏘냐
내 생이 다하는 그날까지 사랑 꽃피우고
꼬깃꼬깃 접힌 지폐 한 장
무덤까지 가져가리라.

제목 : 용돈
시낭송 : 박영애
스마트폰으로 QR 코드를 스캔하면
시낭송을 감상할 수 있습니다

굴레

칡넝쿨처럼 엉키듯 엉켜
이파리만 무성해
겉보기만 푸르렀습니다

몰라서 살아온 길
억만금을 준다고 해도
지금 가라 하시면 다시는 못 갑니다

빛 좋은 개살구처럼
속은 곪아 터져 먹잘 것 없어
입맛만 다시던 삶이었습니다

몰라서 뒤집어쓴 굴레
한번 엉켰는데 두 번은 안 엉키겠는가
금은보화로 주단을 깔아준다고 해도
싫어요, 이제는 못 갑니다

꿈에서도 벗어내지 못하고
악몽으로 지새우는 길
아파도 아파도 너무 아파서
그 길이 비단(緋緞)옷에 꽃길일지언정
두 번 다시 갈 수가 없습니다.

제목 : 굴레
시낭송 : 임숙희
스마트폰으로 QR 코드를 스캔하면
시낭송을 감상할 수 있습니다

천생 여자

봄이 오면
아삭거리는
봄 햇살에 춤을 추고

여름이 오면
은빛 바다에 누워
은하수를 먹는다

가을이 오면
창문을 드나드는
보름달 볼우물에 멱을 감고

겨울이 오면
말똥구리 구르듯 구르는
낙엽과 열애를 한다.

가을 풍경

가을이 굴러다닌다
우수수 떨어지는 홍엽이
갈바람에 춤을 춘다

가시 옷을 벗고 떨어진 알밤은
다람쥐의 까만 눈을 피해
홍엽 사이사이로 숨어들고

사그락거리는 가을볕은
황금물결 일렁일 때마다
갈피갈피 열어 입맞춤한다

널뛰기하는 메뚜기들
하늘 높은 줄 모르는가 보다
여기서 팔딱 저기서 팔딱
가을 운동회가 열렸다

문득 지난가을이 그립구나
달빛에 따주던 대추 몇 알이
빨갛게 아주 빨갛게
그리움으로 익어 간다.

바램

켜켜이 쌓인 외로움을
세탁기에 둘둘 둘 돌려 볼까 봐
별빛에 엮어 놓은 그리움을
빨랫줄에 쭉쭉 쭉 널어 볼까 봐

푸른 솔 우듬지에 걸린
작은 집에 햇살이 비추듯
겨울잠에서 깨어난 애벌레가
노랑나비로 환생하듯

주름진 속내 툴툴 툴 털어내면
여우비 지나간 자리에
무지갯빛 햇살은 반짝 빤짝
꿈동산 되어 피어나려나.

4대가 함께 한 추석

올 추석은
보름달보다 웃음꽃이 활짝 피었구나
4대가 모인 방안이 시끌벅적하다

고사리손 모으고
무슨 소원을 비는 걸까
귓속말로 물어보니 비밀이란다

이방 저방 다니더니
여기도 보름달 저기도 보름달
보름달이 또 있다고 야단법석이다

천진난만한 상상력으로
수수께끼 엮어내는 아기들
올 추석은 행복이 주렁주렁
더도 덜도 말고 오늘만 같아라.

고백

고백해도 되나요
당신의 한마디 한마디는
내겐 웃음이었어요

이젠 고백하려고요
당신의 너털웃음은
내겐 행복이었다고요

이젠 고백할게요
당신의 향기는
내겐 사랑이라고

봄 여름 가을 겨울
속절없이 흘러가지만
당신 앞에서만이라도
낭랑 18세 꽃순이로 살래요.

농심

참 좋다
울음보 터트린 네가
너무 좋다

참 예쁘다
검은 옷 벗어 던진
구름이 너무 예쁘다

활짝 웃는다
펑펑 우는 하늘 보고
발가벗는 구름 보고
농부는 호탕하게 웃는다.

돌잔치

문단에 명패 올린 지 일 년
돌잔치를 해야겠어요
상차림은 무엇으로 할까

향긋한 쑥버무리 한 시루에
콩가루 버무린 향긋한 냉잇국 끓이고
입맛 돋우는 쌉쌀한 고들빼기 겉절이와
산수유꽃 곱게 뿌려 화전 한 접시 부쳐
봄 향기로 담은 사랑 주 한잔 올려야지

손님은 누굴 초대할까
악단은 봄바람으로 세우고
시인의 마을 촌장님과
시인의 마을 꾀꼬리 합창단
붓을 사랑하는 벗님들 초대합니다

선물은 절대 사절이랍니다
글쟁이 동행 증만 있으면 무사통과에요
이제 걸음마를 띠려고 합니다
돌잔치에 와 주실 거죠.

그리움은 이슬방울이 되고

담장 너머로 기웃거리는 반달은
어느새 이부자리들치고
아씨 젖가슴을 더듬거린다

밤하늘에 꼬드기는
별들을 외면한 채 팔베개 베고
도란도란 사랑을 나눈다

꼭두새벽까지 떠나지 않는
별들은 창가에 걸터앉아
초롱불 밝혀 주고

별들의 사연이 궁금해
성큼성큼 다가온 햇살도
아씨 방을 기웃거리는 새벽녘

베갯잇 적신 그리움은
햇살에 사르르 숨어들고
창가에는 망울망울 이슬방울만 맺혔다.

못다 핀 꽃송이

망울망울 꽃망울 맺혀
바람 불면 날아갈까 비가 오면 다칠세라
눈길을 떼지 못했거늘

새봄이 오고 꽃이 피면
만개하려던 꽃망울들
시월의 끝자락에 우수수 떨어졌다

청운의 꿈을 이루지도 못하고
화려한 불빛 광란에 휘말려
이태원 좁은 골목에 갇혀

채 피기도 전에
놀란 가슴만 부여잡고 끝내
돌아오지 못할 강을 건넜으니 어찌할꼬.

나팔꽃 인생

너도 나처럼
쌓인 그리움 남몰래 삭히느라
밤에 울고 있니

훌쩍이는 소리에
선잠으로 지새운 밤
기척이 없어 귀를 쫑긋 세웠다

아 정말 숨어서 울었구나
아침이면 뚝 하고
울음을 그치는 걸 보면

아침에 피었다가
저녁에 지는 나팔꽃처럼
남몰래 울다가 햇살에 피어나는
너와 나는 나팔꽃 인생이다.

꿈길

머리맡에
정안수 떠 놓으면
고운 꿈 꾸려나

오색 빛깔로
꽃길을 만들어 놓으면
예쁜 길 가려나

밤마다 가는 험한 길
언제나 그 언제나
편한 길이 될까?

영원한 친구

구름 사이로 살포시
내 방을 엿보는 너의 얼굴엔
근심 · 걱정이 가득하지만

너를 보는 내 마음은
평온함이 가득하니
그 이유는 뭘까

두리뭉실한
어머니의 젖가슴처럼
갖은 응석 받아 줄 거라는
믿음 아니겠어

힘들고 지쳤을 때
바람 구름 별을 모아
속풀이 무대를 연출해 주고
밤이 새도록 지켜주니
너와 나는 영원한 친구인걸.

돌아가는 길

벌거벗은 알몸으로 두 주먹 불끈 쥐고 태어나
세상에 굴하지 않고 살았거늘
보이지 않는 미생물에 잡혀 발버둥 치다가
영영 돌아오지 못할 강을 건너야 한다

암만 빈손으로 왔다가
빈손으로 가는 게 인생이라지만
병고를 이기지 못해 가는 길이
이다지도 외로울 줄이야

역병에 걸려 미음으로 연명하다가
운명이란 통보지 한 장 보내고
돌아가는 길이 참 그렇다

벌거벗은 빈손으로 태어나
돌아가는 길엔 빈손이 아니라 너무 다행이다
작은 집 한 칸 마련해 준 가족들
배웅받으며 떠나는 길이기에 고맙다

빈손으로 왔다가 빈손으로 가는 게 인생인 것을
이왕에 가는 길 웃으면서 가야지
그래야 보내는 맘도 가볍겠지.

새벽 비

꿈속을
헤매다가 깨어보니
펑펑 울고 있다

미동도 없이
두 귀를 쫑긋 세웠다
웬걸!
새싹들의 물먹는 소리였네.

미완성

무엇인가
가득 차 있어

고운 향기의 고마리
앙증맞은 꽃마리

답답하다고 발버둥 치는데
아직 세상 밖에
내놓을 수가 없어

함부로 내보냈다가
구박받으면 안 되잖아
이쁜 새끼들 사랑 받아야지.

인간관계

겨우내 쌓인 하얀 눈은
봄바람이 불면
양분이 되어 꽃을 피우지만

한번 어긋난
믿음과 신뢰는 흘러간 물이
거꾸로 올라 올 수 없는 것과 같다

초심에 피운 꽃향기
고이 간직하고 믿음과 신뢰로
사랑 초 피우면 좋으련만

서로의 가슴 깊은 곳에
움집 한 채씩 지어놓고 탈을 쓴 채
세월만 업고 가야 한다니

유리 벽이 가로막힌 것이라면
깨트려 버리면 그만이지만
보이지 않는 마음의 벽은 어쩌나.

그때는 그랬었지

불현듯 떠오른 지난날
냉장고가 변변치 않던 시절
동지섣달이면 옥상은 유일한 냉동고였다

반나절 소를 만들고 하얀 가루 치대어
달밤이면 옹기종기 모여앉아
동글동글 만두를 빚었고

때마침 눈이 펄펄 내려주면
쌓인 눈 속에 숨어 달가닥거리는 만두를
아침이면 손을 호호 불며 보물찾기했었다

그때는 그랬었지
찬 바람 불어오는 곳에
교자상 펴 놓고 줄을 세워 놓으면
달도 별도 미소 지으며 멈추었다

그때는 참 일이 너무 많았다
불현듯 지난날이 일렁이고
그때 그 시절이 파노라마 되어 흘러간다.

건강검진

옛 어르신 말씀에
세 살 버릇 여든까지 가고
망나니는 죽을 때 철이 들고
살만하면 병이 난다고 하셨지

이제, 살아볼 맛 나는데
이제는 웃을 수 있는데
지금부터 꽃길을 걸을 수 있건만
여기저기서 빨간불이 켜지고 있다

모범생으로 살아왔거늘
딸린 식구 건사하다 외면했던
자신을 토닥토닥 사랑을 시작하니
기계가 고장이 나서 삐걱거린다.

어찌할꼬

둥글고 뿔이 달린 바이러스
묵은 감자에 난 싹처럼 생긴 것이
온 세계를 삼키려고 한다

입을 막고 거리를 두고
친구를 외면하고 가족을 멀리해도
아랑곳하지 않고 활개를 친다

하늘이 노하여
황톳빛 바다를 만들어도
용광로처럼 불을 지펴도
숨바꼭질만 하니 이를 어찌할꼬.

방랑객

오직 한 사람만 사랑한다던
바보 같은 사람

그 사람 없이는 못 산다던
거짓말쟁이

하얀 서리가 내리고
고랑이 깊어 가도
세월을 붙잡아 놓은 듯 흥청망청

한평생 방랑기에 홀려
금은보화를 돌같이 여기며
눈뜬장님이 된 사람

황혼의 고갯길 넘어
쉬어가려 누워 본들
상념마저도 허공을 빙빙 떠돈다

저물어 가는 석양 길에 서서
가슴 치며 통곡한들 무엇하리
이미 기적소리 멀어져 간 것을.

여백

스치고 지나가듯 가 버린 시간
채우지 못한 여백은 그대로이다

터벅터벅 길을 나서니
햇살이 찌르르 전파를 쏘아온다
자연을 벗 삼아 시를 쓰고
바람결에 속을 털어낸다

누렇게 물들어 흰머리 풀어헤친
갈대들은 등을 기대고 비비며
시냇물 소리에 달콤한 밀어를 속삭인다

그래, 황혼길엔 여백을 채워 보자
미련일랑 훌훌 털어내고
엑스트라가 아닌 주연이 되는 거야

삶을 씨앗으로 뿌려 놓았으니
시어가 주렁주렁 달린 정원을 가꾸고
하나밖에 없는 영화를 만들어
관객들의 환호성을 받는 주인공이 되자.

제4부 울고 있는 보름달

아직도 마음만은 소녀

앙상한 나뭇가지에 살포시
꽃망울을 터트리는 산수유
내 마음 아는지
수줍은 미소로 인사를 합니다

봄이 왔다고
봄바람이 분다고
풍선만큼 부푼 내 마음에
봄소식 전하면 아련한
옛날이 그리워집니다

아카시아 꽃목걸이 만들어 목에 걸고
반지꽃 따서 꽃반지 만들어 끼고
네 잎 클로버 행운을 기다리던
어릴 적 그날이 그리워집니다

한여름 잘 익은 수박덩이처럼
통통 설레는 내 마음
햇살 가득한 산책로의 새싹에
까닭 모를 그리움이 밀려오니
아직도 내 마음은 소녀인가 봅니다.

제목 : 아직도 마음만은 소녀
시낭송 : 최명자
스마트폰으로 QR 코드를 스캔하면
시낭송을 감상할 수 있습니다

울고 있는 보름달

팔월 한가위라는데
눈물 머금고 홀로 이 떠 있는
보름달의 사연이 무엇일까

고향에 계신 부모님
자식 보고 싶은 마음
애써 추스르는 어설픈 미소인가 봐

오지 마라 오지 마라
요즘 역병이 무섭더라
속내 숨기고 행여나 올까 봐

사립문 열어 놓고
이제나저제나
행여 밤길 달려오려나

기다리는 어미 마음
보다 보다 못해
울지도 웃지도 못하는 사연이었어.

제목 : 울고 있는 보름달
시낭송 : 박영애
스마트폰으로 QR 코드를 스캔하면
시낭송을 감상할 수 있습니다

애기똥풀

가파른 언덕길
꽃바람이 불어온다
은빛 햇살에 누워
활짝 웃는 애기똥풀
시냇물 노랫가락에
덩실덩실 더덩실 춤을 추며

바람이 불어오면
해바라기 닮은 민들레꽃
비눗방울 놀이하듯 톡 톡 톡
애기똥풀 꽃잎에 후루루 터져
살며시 입맞춤한다

저 멀리 떠돌던 열두 구름
햇살 비집고 옹기종기 모여앉아
재롱둥이 애기똥풀꽃
소꿉놀이에 넋을 놓고
시간 가는 줄 모르고 있다.

어머니의 떡국

그믐달이 새초롬히
지는 해 아쉬워 붙잡듯
창가에 슬그머니 내려앉는다

객지에서 발이 묶인 자식
애달픔에 어머니는
홍두깨 방망이만 굴리며
눈시울을 적시는 밤

정성으로 버무려 사랑으로 빚은 만두
달빛에 길을 물어 물어서
자식 집으로 보내시고
눈썹이 하얗도록 아침을 기다린다

새해 첫날
창가에 내려앉은 햇살
한솥 담아 떡국 끓이시고
아침 까치 울음소리에
고운 상차림 해 놓으신 어머니

굽은 허리 애써 펴고
주름진 이마에 두 손 모아
저 멀리 동구 밖 길목만
하염없이 바라보고 계신다.

제목 : 어머니의 떡국
시낭송 : 박영애
스마트폰으로 QR 코드를 스캔하면
시낭송을 감상할 수 있습니다

귀하게 살라 하시네

쓰러질 듯 말 듯
세상 시련에 굴하지 않고
꽃 한 송이 곱게도 피웠구나

궂은비 내리던 밤
천둥 번개 채찍으로 여기며
빗소리 자장가 삼아
꽃 한 송이 곱게도 피웠구나

모진 풍파에도
온갖 시련 견디며
수줍은 듯 진한 향기로
얼굴을 내미는 꽃 한 송이처럼

아침이면 한 몸 다칠세라
넓적한 연잎 사이로 숨어들고
밤이면 향기를 뿜어내는 꽃 한 송이처럼

그 꽃처럼 귀하게 살라 하시네
진흙에서도 더럽히지 아니하고
곱게 피워 미소 짓는
그 꽃처럼 귀하게 살라 하시네.

제목 : 귀하게 살라 하시네
시낭송 : 박영애
스마트폰으로 QR 코드를 스캔하면
시낭송을 감상할 수 있습니다

정들면 고향이더라

타향살이에 그리움만 한 광주리
밤하늘만 멍하니 바라보노라면
별들이 조곤조곤 다가온다

별똥별은 창가에 걸리고
달 뉘를 맴돌던 하얀 구름은
고향의 밥 짓는 냄새가
모락모락 피어나는 것 같구나

달과 별의 유혹에
공허했던 내심(內心)이 파장을 일으켰다
깜박깜박 신호등을 밝혀 주는
별들을 좇아 가보자
아마도 정 부칠 곳 있겠지

나고 자란 곳만 고향이더냐
정들면 고향이지
세상일은 마음먹기에 달렸다
그리움일랑 달 뉘에 훌훌 풀어 놓고
반짝이는 별들처럼 알콩달콩 살아보자.

제목 : 정들면 고향이더라
시낭송 : 박영애
스마트폰으로 QR 코드를 스캔하면
시낭송을 감상할 수 있습니다

* 달 뉘 : 달무리의 방언(함경남도)

설빔

어릴 적에 때때옷 입고
폴짝이던 때가 생각나
이번 설엔 가벼운 옷 한 벌 사 들고
고향 찾아갑니다

받을 줄만 알고
핑계 아닌 핑계로 효도 한번 못 한 것이
내내 부끄러웠습니다

삶을 피붙이 아래 묻어 놓고
건사만 하시다가 망가진 손발
기역 자로 굽이진 허리는
눈물조차 말라 버린 증표입니다

선물 보따리 풀어 놓기 전에
후딱 챙겨 입으시고 경로당에 가시는 엄마
"집에 가서 전화해라 나는 화투 치러 간다
내가 늦으면 판을 못 벌여서 그래."

얼굴 봤으니 됐다며 나들이 가시는 모습에서
오늘은 엄마의 지팡이와 굽어진 허리도
아주 많이 꼿꼿하게 보여
돌아오는 길이 행복하고 마음도 가벼운 날이었습니다.

제목 : 설빔
시낭송 : 박영애
스마트폰으로 QR 코드를 스캔하면
시낭송을 감상할 수 있습니다

붕어빵 내 새끼

나를 똑 닮은 내 새끼
영락없는 붕어빵
어느새 훌쩍 자라
남의 집식구가 되었구나

바람 잘 날 없는
허름한 둥지에서
늘 가슴 졸이며
마음껏 울어보지 못한 너

마른 가지에 불붙을세라
밤하늘 달 속 토끼 대신
콩닥콩닥 절구질로
까만 밤을 하얗게 지새운 날들

이젠 웃어보렴
절구질은 달님에게 맡기고
어미보다 더 야무진 살림 솜씨로
알콩달콩 보금자리 꾸려보려무나.

제목 : 붕어빵 내 새끼
시낭송 : 박영애
스마트폰으로 QR 코드를 스캔하면
시낭송을 감상할 수 있습니다

낡은 수레

푸서리길 걸어온 반평생
풀벌레 소리 들어 보았는가
솔가지에 걸린 반반달이 유일한 동무였다

딸 둘 낳고 40년
고운 꽃망울 다칠세라
하찮은 들꽃조차 외면한 채
앞만 보고 달려온 세월

등이 휘어질 때면
아흔아홉 석지기 기와집에서
대갓집 안주인이 되어
식솔들을 호령하는 꿈도 꾸었다

석 쌈 지기 초가집 살림살이에
꼬장꼬장했던 육신은 어느새
세월 따라 구름 따라 변했다

이제 살맛 나는데, 마음은 청춘인데
앞바퀴는 마디마디 휘어지고
뒷바퀴마저 삐거덕거리는
낡은 수레가 되었단 말인가

근심 걱정 다 털어놓고
팔도 유람할까 했더니 탈이 나는가 보다
청춘을 되돌릴 수 있다면
젊은 날을 꼭 한번 멋지게 살아보고 싶다.

제목 : 낡은 수레
시낭송 : 박영애
스마트폰으로 QR 코드를 스캔하면
시낭송을 감상할 수 있습니다

소녀의 꿈

보따리를 풀어야겠어
단맛 쓴맛 참맛을 보며
살아온 이야기보따리

소녀에겐 꿈이 있었지
아카시아 꽃길을 걸으며 풀피리를 불고

은빛 백사장에서 연분홍 사랑을 그리며
갈매기와 왈츠를 추었지

떨어지는 낙엽
하나 둘 책갈피에 고이 간직하며
하얀 초가지붕 위에 피어나는
아지랑이 꽃사랑을 그렸었지

소녀는 이제
이야기보따리를 풀어 놓는다
홍엽이 춤추는 가을날
참 노래를 불러본다

소녀 반평생의 희로애락
꽁꽁 동여 놓았던 보따리
하나 둘 풀어 훨훨 띄워 보내고

하얀 서리가 내릴 즈음에
하얀 안개꽃 한 아름 안고서
환희의 노래 불러보련다.

제목 : 소녀의 꿈
시낭송 : 박영애
스마트폰으로 QR 코드를 스캔하면
시낭송을 감상할 수 있습니다

세상이 왜 이래

세상이 왜 이래
세상이 너무 시끄럽다

대나무처럼 올곧게
심부름꾼으로 살아주려니
오장 육부가 뒤틀리는구먼

때로는 속살거리는 바람에
휘청거리기도 했지만
나라 녹을 먹는 일꾼이기에
사시사철 푸른 소나무처럼 살았다

참 세상이 왜 이래
살다 보니 입이 일하는 세상이네
목소리만 높여 땡 닢만 요구하는 세상
이기주의가 팽배하는 세상
툭하면 붉은 띠를 둘러맨다

못 먹어도 내 탓 못 입어도 내 탓
그저 내 탓이려니 하던 때는
호랑이 담배 피우던 시절 얘기구먼

목청을 높이기보다 맡은 일 최선을 다하면
낮말은 새가 전하고 밤 말은 쥐가 전해
만사형통((萬事亨通)일 텐데

제목 : 세상이 왜 이래
시낭송 : 박영애
스마트폰으로 QR 코드를 스캔하면
시낭송을 감상할 수 있습니다

세상이 왜 이래
세상 참 왜 이래.

눈으로만 봐주세요

눈으로만 봐주세요
작은 청포도인 줄 아시면 안 돼요
제겐 강한 독이 있거든요

눈으로만 봐주세요
분홍드레스 입고 살랑인다고
똑 따시면 큰일 나요

눈으로만 봐주세요
탱글탱글한 꽃송이와 분홍드레스에
키스할 자격은 벌에게만 있답니다

눈으로만 봐주세요
제 이름은 좀작살나무
마편초과의 식물, 인체에 해롭답니다.

꽃마리

참 아름답다
보일 듯 말 듯 예쁘다
색깔이 달라서 곱고
특징이 달라서 예쁜 꽃

꼭꼭 숨어 있지만
향기가 발목을 잡아
가만히 앉아 자세히 보면
너무 앙증맞아 만질 수조차 없다.

가을비와 밀어를

살그머니 창문을 두드리네요
베란다 귀퉁이에서
숨죽여 울던 귀뚜리는
두 손을 만지작거리며
빗소리와 소곤거립니다.

추적추적 비가 내리면
꼭꼭 숨겨 두었던
임의 향기는 어느새
문풍지를 젖히고
두 볼을 어루만지지요.

가을비 내리면
가을비가 내리는 날이면
그리움은 창문 넘어서 울고
콩닥거리는 가슴은 밤새도록
빗소리와 밀어를 나눈답니다.

숨어 운다

무슨 사연이 있길래
남몰래 밤이면 숨어서 울고 있을까
너의 울음소리가 귓전에서 맴돌 때마다
뒤척이다가 선잠으로 지새운 밤이다

네가 울면 바늘에 실 가듯이
꾹꾹 눌러 잠재워 둔 그리움이 꿈틀거리고
긴긴밤을 너와 나는
물음표만 찍어 놓고 울고 있다

햇살이 창가에 입맞춤할 때면
거짓말처럼 옴폭 파인 볼우물엔 무지개가 뜬다
도대체 너와 나는 무슨 사연이 있길래
밤이면 울고 낮에는 해바라기처럼 웃는 걸까?

사랑 비 내리는 날

사랑 비가 간간이 내리는 날
하얀 이를 드러내고 마냥 웃던 나
힘없이 떨어져 헤맨다

가끔 울고 있는 하늘은 미워 말자
비에 젖어 짓밟히고 꼼짝 못 해도
어서 오시라고, 어서 오시라고
환한 웃음으로 맞이하는 거야

사랑 비에 내 몸은 흩어져 지지만
목마름에 갈망하던 들꽃들이
작은 입술을 오물거리며 피어나겠지

한때 높은 곳에서
4월의 여왕으로 살았으니 후회는 없다
내 발밑에 숨어 피어나던 들꽃들도
사랑받을 권리를 찾아야지 않겠는가?

풍년가

네가 왔다는 기별은 진작에 들었다

꽃 잔치에 찾아다니기 바빠
너를 찾을 생각 꿈에도 안 했어

비가 추적추적 내리는 날
너의 고운 목소리 멀리멀리 퍼져 간다

겨우내 참았던 너의 속을
털어놓는 것 같아 내 속도 뻥 뻥 뻥

빗소리 들으면 왠지 눈물이 나는데
오늘 밤엔 너와 나 풍년가를 불러 보자

우리 농부님들 대풍년 이루시게
힘찬 풍년가 불러 보자.

이별

긴 겨울이 지나고
하얀 눈이 사르르 녹아
새싹을 움 틔울 적에

솜털도 안 벗은 아가처럼
포동포동하고 야리야리한
갓 쪄낸 하얀 호빵 닮은 얼굴로
꽃향기 가득 안고 안긴다

청순미와 상큼하고 발랄함이
눈가에서 사르르 녹는다
영혼이 탈출하는 순간이다

꽃이 피고 지고
비바람이 불고 눈보라가 쳐도
석삼년 한솥밥에 정을 나누며
피붙이처럼 지냈는데

눈망울이 슬프다 어깨가 들썩이며
애써 참았던 봇물에 둘은 하나가 되었다
이제 보내줘야 할 시간

방에 불이 꺼졌다
깜깜한 방 인기척이 있을 리 없지
애꿎은 방문만 여닫는다.

세뱃돈

도둑이 오려나 보다
새벽까치 노래하고
주홍빛 햇살은 거실에 눕는다

딩동 뎅 동
강아지 여덟 마리가
우리를 헤집어 놓는다

영혼은 가출하고
기둥뿌리 들썩이는 설날
쌈짓돈마저 술술 풀어 놓는 밤이다.

졌다, 졌어

꼭꼭 숨어서
나름 잘 피했다

언제 어디서
기습당할지 몰라서

용광로에서 내뿜은 듯한 열기에도
하얀 이 드러낼 수 없었다

아!
다리가 아프고 목이 아프다
미생물에 목이 졸려 자리보전했다

보이지 않는 너를 이겨보겠다고
요리조리 피했지만

졌다, 졌어
결국 너를 내 속에 품고 말았다.

아시나요

아시나요
종갓집 맏며느리
속앓이하는 걸

명절 며칠 전부터
헛배가 부르고
밤이면 뒬 안에서
가스총 소리가 나는 것을

아신다구요
둥근달 속 토끼에게
기도하는 마음이 무엇인지

정말 아시나요
명절은 정말
호랑이보다 무섭다는 걸.

보약

석양을 품어 안고
꿈나라 다녀왔어요

얼굴엔 기름기가 자르르
몸은 청춘이요
마음은 하늘을 비상해요

보약이 따로 있나요
잠이 보약이지
꿀잠 자면
원기 회복엔 엄지척

세상만사에
브레이크 걸리면
보약 찾아 꿈나라로 가 보세요.

밀애(蜜愛)

꼭 같은 날
내 방을 들여다보는
당신은 누구신가요

달포쯤 되는 날이면
기다리지 않아도
창문을 두드리는 당신

일 년 열두 달 꽃이 피고 지고
계절이 바뀌어도
늘 웃어주는 당신 참 고맙습니다

힘들고 지쳐 있을 때
당신과 도란도란
넋두리하다 보면

울안에 갇힌 듯
갑갑했던 속내는
당신 웃음에 훌훌 털어진답니다

어쩌다 달포가 지나도 안 오시면
빈 하늘에 당신 닮은 동그라미 그려 놓고
해바라기 웃음꽃으로 마중하렵니다.

나이가 들면

나이가 들면
건강 친구 차 취미 지갑
꼭 필요하지

건강해야 친구와 함께
이곳저곳 좋은 곳을 찾아
취미생활 하며 즐길 수 있는 거지

나이가 들어
두 다리 멀쩡하고
정신건강 멀쩡하면
그것이 복 중의 복인 거야

나이가 들면
자식은 그저 든든한 울타리
친구는 인생에 있어서
최고의 동반자인걸.

눈이 내리네

언제 오시려나
당신 길목을 서성였지요
아주 작은 눈이 소낙비처럼 내립니다

너무 을씨년스러워
꽃단장이라도 해야 할 것 같아서
잠시 분칠해 봅니다

발그레한 볼우물이 화사해서일까
아니면 정성이 갸륵해서일까

송이송이 하얀 꽃송이가 피어나고
눈깔사탕만 한 솜사탕이 주렁주렁
기다리던 함박눈이 내립니다

내심이 콩닥콩닥 방아질합니다
이 순간을 놓칠세라
쥐고 있던 분첩 제쳐두고
찰칵찰칵 추억만들기에 나섰지요

나이 들면 사진 찍는 것도 무섭다는데
이 나이가 되어도 설레는 건
아직도 마음은 18세 소녀인가 봅니다.

봄의 향연

겨울 목 시냇가
뽀얀 운무 타고 내려앉는 햇살
수정처럼 반짝이며 봄을 부른다

저만치 봄이 오는 소리에
눈깔사탕 물고 있는 아기 볼처럼
수줍었던 꽃망울 화들짝 미소 짓는다

꽃망울들은 기지개를 켤까 말까
올망졸망 모여앉아 말 꽃으로 피어나고
노랑나비 흰나비 이리 살랑 저리 살랑

꽃망울의 웃음소리는 나무초리에 걸리고
봄바람의 기지개에 꽃들은 피어나니
묵은 옷 벗어 낸 봄 향연이 상큼하기만 하다.

노을 진 자리에는

서산 허리 휘휘 감은 조각구름
게으름 피우며 흐르는 쪽 개울에 살포시 눕는다

어석거리던 갈대숲에 석양이 비추니
미동도 없던 물새 한 마리
푸드덕 둥지 찾아 날아가고 있다

골바람이 불어오는
서산마루 턱에 걸린 붉은 노을도
하루를 내려놓듯 실개천 따라 유유히 흐르고

축 늘어져 흔들거리던 수양버들
산발한 모양새를 다듬기라도 하려나
천연덕스레 거꾸로 누워 저녁노을 좇아간다.

어둠이 걸터앉은 소나무 우듬지에
새색시 궁둥이 닮은 보름달은 박꽃처럼 웃고
뭇별들은 잡힐 듯한 영롱한 빛을 쏟아내며
노을 진 자리에 고운 수채화 한 폭을 그려 놓는다.

황혼에 피는 꽃

피기도 전에
꺾인 꽃 한 송이

반평생
근심 걱정 아래
묻어두었던 작은 씨앗

이순(耳順)이 되어서야 비로소
내 마음의 문을 열고서
희망의 꽃으로 피었네.

봄맞이

새벽 비가 주룩주룩
겨울잠 자는 아가들을 깨웁니다
장구 치고 북 치고 타령하며
봄을 부르는데 늦잠은 무슨 늦잠

골목골목 쌓인 눈을 쓸어내리고
봄맞이 새 단장을 합니다
옴짝달싹 못 했던 초록도
겨울비에 말끔히 세수하고
서만큼 서서 망설이는 봄을 마중합니다

젖 찾는 아이처럼
오물오물하던 도화 꽃봉오리도
꽃망울부터 터트리는 산수유도
밤새도록 내린 비로 목을 축여서일까
금방이라도 눈을 뜨고 활짝 웃어줄 것 같아요.

산타클로스

산타 할아버지 왜 안 오시지
코로나-19에 걸리셨나

어제는 비가 와서 못 오셨나
오늘은 바람 불어 못 오시나
달님에게 물어보니
역병이 길을 막아 늦는다고 합니다

이제나저제나 별만 세는 밤
창가에 걸린 하얀 엽서 한 장
하얀 눈이 소복이 쌓이고
달님마저 숨어들 때 꿈나라에서
단둘이 만나자고 합니다

만약, 그때도 못 오시면
자가격리 중이라 새해 좋은 날에 오신답니다.

벗이여

벗이여
살면서 어이 좋기만 하겠소
웃는 날만 있으면 좋으련만

벗이여
어찌 그러하겠소
삶은 이런저런 굴곡이 있는 것을

이제 무엇이 필요하겠는가
부귀영화를 얻기보다는
건강관리가 우선인 걸

자네와 나
두 다리 멀쩡할 때
너털웃음 나누며 살면 되는 거야.

출산의 고통

댕기 머리 풀고 사랑으로 피워낸 꽃
열 달 동안 뱃속에 품었다가
세상에 내놓을 때
탯줄 끊어내는 고통은
별을 보고 나서야 기쁨이 되었습니다

그때 벅찼던 황홀함과 환희를 잊지 못해
가슴 속에서 키워 낸 나의 사랑하는 꽃마리들
천 일 동안 고이 품고 있다가
허허벌판 세상 밖에 내놓으려니
기쁨보다 두려움이 더 큽니다

이름도 지어야 하고
고운 옷에 향기 품어 날개까지 달아주려니
배가 뒤틀려 뒹굴던 아픔보다
허리가 끊길 것 같은 고통보다
머릿속엔 온통 걱정거리로 채워져 있습니다

그렇다고 마냥 가슴속에 품고 살 수는 없는 일
꽃 피는 봄날 꽃바람 불어올 적에
단단히 채비하여 내보내면
열 달 품었다가 낳은 아이가 준 행복처럼
천 일 동안 가슴으로 키워 낸 분신도
고운 향기로 훨훨 날아 별을 따다 줄 거라 믿습니다.

제목 : 출산의 고통
시낭송 : 박영애
스마트폰으로 QR 코드를 스캔하면
시낭송을 감상할 수 있습니다

143

별을 따다

염경희 시집

2023년 3월 9일 초판 1쇄
2023년 3월 14일 발행
지 은 이 : 염경희
펴 낸 이 : 김락호
디자인 편집 : 이은희
기 획 : 시사랑음악사랑
연 락 처 : 1899-1341
홈페이지 주소 : www.poemmusic.net
E-Mail : poemarts@hanmail.net

정가 : 12,000원
ISBN : 979-11-6284-435-9